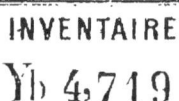

I0686816

ÉLECTRE

TRAGÉDIE DE SOPHOCLE

Représentée par les Élèves de La Chapelle-Saint-Mesmin

LE 24 JUILLET 1881

Θάρσει, τέκνον·
ἔτι μέγας οὐρανῷ Ζεὺς
ὃς ἐφορᾷ πάντα καὶ κρατύνει.

(*Électre*, v. 173.)

ORLÉANS

CHEZ LES PRINCIPAUX LIBRAIRES

—

1881

ÉLECTRE

TRAGÉDIE DE SOPHOCLE

Représentée par les Élèves de La Chapelle-Saint-Mesmin

LE 24 JUILLET 1881

Θάρσει, τέκνον·
ἔτι μέγας οὐρανῷ Ζεὺς
ὃς ἐφορᾷ πάντα καὶ κρατύνει.

(Électre, v. 173.)

ORLÉANS

CHEZ LES PRINCIPAUX LIBRAIRES

—

1881

IMP. GEORGES JACOB, — ORLÉANS.

Un poète d'Alexandrie, Dioscoride, a peint quelque part le tombeau de Sophocle. Le dieu du théâtre, Bacchus, est debout, un masque de femme à la main. « Quel est ce masque ? » lui demande un passant. — « Celui d'Antigone ou celui d'Électre, répond Bacchus ; tu peux choisir : l'une et l'autre sont le chef-d'œuvre de leur auteur. »

Quelle que soit la valeur relative des tragédies de Sophocle, on ne peut nier que la physionomie d'Électre ne soit une de celles à qui le génie du poète a donné le relief le plus saisissant.

Électre, comme Antigone, est le type de l'héroïsme et de l'amour fraternel.

Ce qui frappe d'abord en elle, c'est son courage et sa fierté. Réduite dans son propre palais à la condition d'esclave, privée de son père, insultée par sa mère, elle ne se laisse pas abattre ; elle brave le dédain des meurtriers d'Agamemnon, et trouble par ses menaces leur orgueilleuse félicité ; elle espère, elle appelle, elle annonce un vengeur ; s'il ne vient pas, elle armera sa faible main, et châtiera elle-même les coupables. Ce vengeur arrive ; elle l'encourage, elle cherche à lui communiquer toutes les ardeurs de son âme ; elle n'a de repos que lorsque le chœur annonce sur les cadavres ensanglantés de Clytemnestre et d'Égisthe que le palais des Atrides est purifié.

Tel est le premier trait du caractère d'Électre : une énergie indomptable, je dirais presque sauvage. En l'entendant, en la voyant agir, on éprouve une admiration mêlée d'épouvante. Sophocle n'a-t-il pas forcé la nature ? Une jeune fille est-elle capable d'une telle haine ? Si Clytemnestre doit mourir, est-ce à sa fille de l'immoler ? Telles sont les questions qu'involontairement on se pose ; mais la réponse est facile : Sophocle n'a pu pressentir les sublimes enseignements de cette religion qui nous montre dans la mère, même la plus criminelle, un caractère inviolable et sacré, et qui, laissant à la justice divine le soin de punir le crime dans une autre vie, ne nous recommande en celle-ci que la miséricorde et le pardon ; il a suivi les erreurs d'une religion imparfaite, et respecté les traditions de l'histoire. Avec quel art, d'ailleurs, il a su fondre, dans le caractère d'Électre, les nuances les plus opposées ! A cette énergie qui dégénère en violence et en cruauté, il a mêlé les sentiments les plus tendres et les plus touchants de la nature humaine : la piété filiale et l'amour fraternel. Électre hait une mère coupable, mais elle aime passionnément un père malheureux et un frère exilé.

Son père, elle y pense sans cesse ; elle le revoit, dans ses nuits sans sommeil, tel qu'il lui apparut à ce moment affreux où il tomba sous des mains criminelles ; et ne pouvant aller elle-même à son tombeau, elle y fait porter du moins ses tristes parures et les boucles de ses cheveux, seule offrande, dit-elle, que lui permette sa détresse.

Mais c'est envers son frère surtout que sa tendresse éclate ; à certains moments, on pourrait croire qu'elle n'aime en lui que l'instrument de sa vengeance, mais, à d'autres, elle lui prodigue les preuves d'une tendresse sans mélange ; quand, par exemple, elle reçoit l'urne où elle croit ses cendres enfermées, elle fait entendre des accents qui, après plus de deux mille ans, nous émeuvent encore. Ce n'est plus une sœur, c'est une mère qui pleure son enfant. « Cher Oreste, est-ce toi que je tiens dans mes mains ?... J'avais d'autres espérances quand je t'arrachai au couteau fatal... Tu meurs exilé, sur une terre étrangère, loin de ta sœur... Et ce ne sont pas mes mains qui ont lavé ton corps ! Et ce n'est pas moi qui ai recueilli tes cendres sur le bûcher !... Malheureuse que je suis ! C'est donc en vain que j'ai entouré de soins ton enfance !... C'est moi qui te donnais ta nourriture ; je t'aimais plus que ta mère ne t'a jamais aimé, et tu m'appelais du doux nom de sœur ; maintenant, tout est évanoui : ces espérances, ce bonheur, tout est dans cette urne avec ce peu de poussière que je presse contre mon sein. » Vaincu par l'expression d'une telle tendresse, Oreste se fait reconnaître à elle ; alors il semble qu'elle ne songe plus à la vengeance, elle se livre tout entière à la joie de revoir son frère, et il faut que le gouverneur vienne rappeler à ces enfants qui s'oublient dans leur bonheur qu'ils ont autre chose à faire que de s'aimer et de se le dire.

C'est ainsi qu'unissant dans Électre toutes les tendresses du cœur à l'énergie, à la violence même du caractère, Sophocle en a fait un type à la fois touchant et terrible, et qu'il a su, avec un art profond, préparer les scènes sanglantes qui terminent le drame, et en tempérer l'horreur.

Nous ne parlons pas des autres personnages; Électre les efface tous; Chrysothémis ne paraît, avec sa patience, sa douceur, sa faiblesse, que pour faire ressortir l'héroïsme de sa sœur; Clytemnestre, avec ses emportements, son ironie, que pour légitimer, autant que possible, le châtiment qui va l'atteindre; Oreste, sauf dans le moment où il retrouve sa sœur, est impassible et froid comme la fatalité dont il est le ministre; Égisthe enfin ne vient que pour mourir. Électre, à elle seule, remplit le drame, l'anime, d'un bout à l'autre, de son âme ardente et passionnée, et fait passer tour à tour la nôtre par la pitié, l'espérance, la crainte, la tendresse, l'horreur.

Tel est le type original que les élèves du petit Séminaire ont songé à faire revivre sur leur modeste théâtre de La Chapelle : Électre, par leur bouche, parlera encore la langue harmonieuse qui charma jadis, au théâtre d'Athènes, les Grecs de Périclès. Mais peut-être cette langue a-t-elle cessé d'être familière à quelques-uns d'entre nous, et les élèves de seconde, pour aider notre faiblesse, ont cherché à en rendre les beautés simples et grandes dans une traduction française; ils n'osent se flatter d'avoir égalé l'idéale perfection du modèle; mais, quelle que soit l'impuissance de leurs efforts, ils ne regretteront pas les heures qu'ils ont consacrées à l'étude de l'un des plus beaux génies de l'antiquité.

L. LAROCHE.

PERSONNAGES DE LA TRAGÉDIE

———

LE GOUVERNEUR D'ORESTE. | CLYTEMNESTRE.
ORESTE. | ÉGISTHE.
ÉLECTRE. | CHRYSOTHÉMIS.

LE CHŒUR.

———

ÉLECTRE

———◆◆◆———

LE GOUVERNEUR, ORESTE, PYLADE.

LE GOUVERNEUR.

O toi dont le père commanda jadis sous les murs de Troie, ô fils d'Agamemnon, voici les lieux que depuis longtemps tu désirais revoir.

Regarde : là-bas l'antique Argos, objet de tes vœux ; de ce côté, le bois de la fille d'Inachus, piquée par un taon ; ici, la place Lycienne, ainsi nommée en l'honneur du dieu qui détruit les loups ; à gauche, le temple célèbre de Junon. La ville où nous sommes, c'est l'opulente Mycènes, et voici le palais témoin de tant de meurtres, le palais des Pélopides, où, tandis que ton père périssait sous les coups, je te reçus des mains de ta sœur ; puis je t'emportai, je te sauvai, je t'élevai jusqu'à cet âge, pour être son vengeur.

Allons, Oreste, et toi, Pylade, notre cher hôte, délibérons promptement sur ce que nous avons à faire. Déjà la brillante clarté du soleil éveille le chant matinal des oiseaux, et l'obscurité de la nuit s'enfuit avec les astres. Avant que personne ne sorte du palais, arrêtez vos plans ; il ne faut plus hésiter : c'est le moment d'agir.

ORESTE.

O le plus cher des serviteurs, que de preuves de ton dévoûment pour nous ! Tu me rappelles ces coursiers généreux dont l'âge ne glace pas l'ardeur, et qui dressent l'oreille au bruit du danger ; tu nous animes par tes paroles, et tu es le premier à nous suivre.

Je vais donc te découvrir mes projets ; prête-moi une oreille attentive, et si je me trompe, daigne m'éclairer.

Quand j'ai demandé à l'oracle de Delphes par quel moyen je pourrais punir les meurtriers de mon père, Apollon me fit cette réponse : « Sans armes, sans soldats, recours à la ruse, et frappe sans laisser voir la main qui accomplit ta juste vengeance. »

Puisque tel est l'ordre du dieu, saisis le moment ; pénètre dans ce palais ; observe ce qui s'y passe, et viens nous le rapporter fidèlement. Tu as vieilli : après une si longue absence, ils ne pourront te reconnaître, et cette couronne sur ta tête éloignera de leur esprit tout soupçon.

Dis-leur que tu es un étranger, que tu viens de Phocide, envoyé par Phanotée : c'est leur allié le plus fidèle. Annonce-leur avec serment qu'Oreste n'est plus, qu'il a péri de mort violente aux jeux pythiques, en tombant de son char pendant une course rapide. Tel est le langage que tu devras leur tenir.

Nous, pour obéir à Apollon, nous irons au tombeau de mon père, répandre des libations et déposer des boucles de nos cheveux ; ensuite nous reviendrons ici portant dans nos mains l'urne d'airain que nous avons, tu le sais, cachée dans un buisson ; et, pour achever de les abuser, nous leur dirons, nouvelle agréable pour eux, que, consumé par les flammes, mon corps est réduit en cendres.

Que m'importe de passer pour mort, si en réalité je vis et me couvre de gloire ? Pour moi, aucune parole n'est de mauvais augure, dès qu'elle est profitable. Bien des fois, je le sais, des sages ont ainsi répandu le bruit de leur mort, et plus tard, revenant dans leur patrie, ils n'ont été, grâce à ce bruit, que plus honorés ; moi aussi, je l'espère, je reparaîtrai vivant, brillant comme un astre aux yeux de mes ennemis.

O ma patrie, dieux protecteurs de la contrée, accueillez-moi favorablement à mon retour; reçois-moi, palais de mes ancêtres, car je viens, poussé par les dieux, te purifi n en vengeant mon père. Ne permettez pas que je m'en retourne couvert de honte; puissé-je au contraire recouvrer mes richesses et rendre à notre maison son antique splendeur!

Mais c'est assez. Toi, vieillard, va, hâte-toi d'accomplir ton message. Nous deux, partons; il est temps : l'occasion décide de tout dans une entreprise.

ÉLECTRE, à l'intérieur du palais.

Hélas, hélas !

LE GOUVERNEUR.

Mon fils, il m'a semblé entendre les gémissements de quelque esclave à l'intérieur du palais.

ORESTE.

N'est-ce point la malheureuse Électre? Veux-tu que nous restions pour écouter ses plaintes ?

LE GOUVERNEUR.

Non; il faut avant tout obéir aux ordres d'Apollon; commençons par répandre des libations sur le tombeau de ton père; c'est le moyen d'assurer, malgré tous les obstacles, le succès de notre entreprise.

ÉLECTRE, LE CHŒUR.

ÉLECTRE.

O lumière pure, air limpide qui enveloppes le monde, que de fois tu as entendu les accents de ma douleur, les coups dont je frappe ma poitrine ensanglantée, dès que le matin dissipe les ténèbres ! Seule, dans cette triste demeure, pendant mes longues nuits, une couche odieuse sait tous les pleurs que je répands sur mon malheureux père : celui que les fureurs de Mars avaient épargné sur la terre barbare, ma mère et cet Égisthe qui partage son lit l'ont frappé d'une hache criminelle, comme le bûcheron frappe le chêne dans la forêt. Et il n'y a que moi, ô mon père, pour pleurer une mort si indigne et si lamentable !

Moi du moins je ne cesserai pas mes gémissements et mes plaintes amères tant que je verrai le feu des étoiles et la clarté du jour ; oui, sans cesse mes accents, douloureux comme ceux du rossignol qui a perdu ses petits, retentiront devant les portes du palais de mon père.

Royaume de Pluton et de Proserpine, Mercure, messager des enfers, augustes Malédictions, et vous, filles des dieux, Furies, redoutables témoins du meurtre et de l'adultère, venez, secourez-moi, vengez mon père indignement outragé, et envoyez-moi mon frère chéri, car je ne puis plus supporter seule le poids accablant de ma douleur.

LE CHŒUR. (*Strophe I.*)

Enfant, malheureuse enfant de la plus misérable des mères ! pourquoi te répandre en plaintes sans fin ? pourquoi pleurer toujours Agamemnon qu'une mère rusée et impie a enveloppé dans ses filets et livré à une main criminelle ? Ah ! périsse l'auteur de ses maux, s'il m'est permis de former un tel vœu !

ÉLECTRE.

Nobles jeunes filles, vous venez consoler mes peines, je le crois, je le sais, je n'en puis douter. Et pourtant je ne veux pas cesser de gémir sur mon malheureux père. O vous qui me témoignez en toute chose une amitié si fidèle, ah ! laissez-moi à ma douleur, je vous en conjure.

LE CHŒUR. (*Antistrophe I.*)

Ni tes cris ni tes prières ne rappelleront ton père du royaume de Pluton, dernier asile de tous les mortels. Et cependant, au lieu de modérer ta douleur, tu t'y livres sans mesure, et tu te consumes en gémissements qui n'allègent pas tes maux. Pourquoi te plaire ainsi à augmenter ta souffrance ?

ÉLECTRE.

Insensé celui qui, ayant vu périr misérablement son père, pourrait l'oublier ! Il plaît bien mieux à mon cœur, le messager de Jupiter, l'oiseau timide et plaintif qui pleure Itys, toujours Itys. Ah ! Niobé, la plus malheureuse des mères, je te regarde comme une déesse, toi qui dans ton sépulcre de pierre ne cesses pas de verser des larmes.

LE CHŒUR. (*Strophe II.*)

Ma fille, tu n'es pas la seule que ce malheur ait atteinte ; ils sont plus résignés, ceux qu'unissent à toi un même sang, une même origine, Iphianasse et Chrysothémis, qui habitent ce palais ; et celui qui passe maintenant sa jeunesse malheureuse dans l'obscurité, mais qui, plus heureux quelque jour, reviendra dans la patrie de sa noble famille, ramené par la protection de Jupiter, Oreste enfin.

ÉLECTRE.

Oreste, je ne me lasse pas de l'attendre. Sans enfants, sans époux, infortunée, les yeux toujours mouillés de larmes, je ne trouve en cette vie que des maux sans fin. Et lui, il oublie tout, et ce que j'ai fait pour lui, et les avis que je lui envoie. Quelle espérance ses messages m'ont-ils jamais donnée qui n'ait été déçue ? A l'en croire, il est impatient de revenir, et malgré son impatience il ne daigne pas reparaître.

LE CHŒUR. *(Antistrophe II.)*

Aie confiance, ma fille, aie confiance. Il y a au ciel un dieu puissant, Jupiter, qui voit et qui gouverne tout. Remets-lui le soin de ta vengeance, et, sans cesser de haïr tes ennemis, modère tes emportements.

Le temps est un dieu bienfaisant : le fils d'Agamemnon qui habite les rivages fertiles de Crisa, et le dieu qui règne aux bords de l'Achéron ne t'ont pas délaissée sans retour.

ÉLECTRE.

Mais la plus grande partie de ma vie s'est écoulée déjà, et je n'ai plus d'espérance. Je n'y tiens plus, je languis, sans parents, sans époux pour me défendre, étrangère et esclave dans la maison paternelle, portant des vêtements indignes de ma naissance, debout à une table où je vois toujours des places vides.

LE CHŒUR. *(Strophe III.)*

Quels cris lamentables au retour de ton père ! quels cris lamentables près de son lit de festin quand la hache d'airain frappait à coups redoublés ! La perfidie avait préparé le complot, l'amour l'exécuta : horrible enfantement, qu'un dieu ou qu'un mortel en ait été l'auteur.

ÉLECTRE.

O de tous les jours le plus odieux pour moi ! ô nuit désastreuse ; repas abominable où mon père se vit indignement massacré par les mains de deux assassins ! Ils m'ont trahie avec lui ; ils m'ont frappée du même coup ; ils m'ont arraché la vie. Que le dieu puissant qui règne dans l'Olympe les châtie en leur rendant souffrance pour souffrance ; qu'ils n'aient jamais un moment de bonheur après un tel forfait.

LE CHŒUR. *(Antistrophe III.)*

Songe à modérer ton langage. Ne sais-tu pas que c'est par ta faute que tu t'es précipitée dans cet abîme de maux et d'opprobres ? La plupart des mauvais traitements que tu endures, tu dois les attribuer à ton humeur difficile et aux tempêtes qu'elle soulève. Il ne faut pas lutter avec ceux qui ont pour eux la puissance.

ÉLECTRE.

Des maux terribles, oui, terribles, m'y ont forcée. Je le sais bien, je suis violente ; et pourtant ces imprécations funestes que le malheur m'arrache, tant que je vivrai, je ne les contiendrai pas. Autrement, ô mes amies, qui donc, à moins d'avoir perdu le sens, aurait encore pour moi des paroles bienveillantes ? Laissez-moi, laissez-moi ; je ne veux pas de vos consolations. Il n'y a point de remède à mes maux, et je ne cesserai point de les aggraver, car mes lamentations seront éternelles.

LE CHŒUR. *(Épode.)*

J'insiste par amitié, et je te conseille encore, comme une tendre mère, de ne point attirer sur toi malheurs sur malheurs.

ÉLECTRE.

Les malheurs ne sont-ils pas déjà pour moi sans limites ? D'ailleurs, dis-moi, serait-il légitime de ne plus se soucier des morts ? S'il est des hommes capables d'une pareille indifférence, je ne désire pas leur estime.

Puissé-je ne jamais goûter le bonheur, même auprès du meilleur des époux, si jamais, infidèle à la mémoire d'un père, je contiens l'essor de mes douloureux gémissements ! Que si dans son tombeau l'infortuné n'est plus pour nous que poussière et néant, si ses meurtriers ne subissent pas le châtiment de leur crime, périssent la pudeur et la piété filiale parmi les mortels !

LE CHŒUR.

Enfant, c'est dans ton intérêt et dans le mien que je parle ; si tu n'approuves pas mes conseils, donne donc les tiens : nous les suivrons.

ÉLECTRE.

O mes compagnes, je rougis de me laisser ainsi aller devant vous à l'excès de ma douleur. Pardonnez-moi : la violence de mes maux l'emporte. Mais quelle fille bien née n'agirait comme moi, en songeant aux malheurs de son père, en voyant que jour et nuit ils augmentent au lieu de diminuer ?

D'abord celle qui m'a enfantée, ma mère elle-même, est devenue ma plus cruelle ennemie ; de plus, dans mon propre palais, j'habite avec les meurtriers de mon père, sous leur dépendance, attendant d'eux le nécessaire, qu'ils m'accordent ou me refusent à leur gré. Te figures-tu bien quelles journées je passe quand je vois Égisthe assis sur le trône de mon père, revêtu des mêmes ornements royaux et versant des libations près du foyer où il l'a fait périr ? O comble de l'impudence ! ma mère vit avec cet homme souillé de crimes, et elle ne semble pas redouter les Furies ; que dis-je ? elle s'applaudit du passé, et quand revient le jour où mon père a péri par sa perfidie, elle conduit des chœurs de danse, et chaque mois elle immole des brebis aux dieux sauveurs.

Et moi, infortunée, qui ai ce spectacle sous les yeux dans mon palais, seule avec moi-même je pleure ; je me consume et gémis sur cette fête criminelle qu'on ose appeler festin d'Agamemnon ; oui, seule avec moi-même, car je ne peux pas même pleurer à loisir. Bientôt cette femme courageuse en paroles insulte à mes larmes et me dit : « Digne objet de

la haine des dieux, n'y a-t-il que toi qui aies perdu ton père ?
Parmi les mortels, es-tu seule à connaître le deuil ? Puisses-
tu périr misérablement! Puissent des dieux infernaux te laisser éternellement dans les pleurs! » Voilà comme elle m'outrage. Mais vient-on à lui parler de l'arrivée d'Oreste, elle
s'approche de moi, et, furieuse, elle s'écrie : « N'est-ce pas
toi qui me causes toutes ces inquiétudes? Ne sont-elles pas
ton ouvrage ? car c'est toi qui l'as dérobé à mes coups et qui
l'as envoyé loin de moi; mais, sache-le bien, tu seras châtiée
comme tu le mérites. » C'est ainsi qu'elle exhale sa rage, et
auprès d'elle, pour l'encourager, se tient son illustre époux,
la lâcheté, la perversité même ; il lui faut le bras des femmes
pour accomplir ses prouesses.

Et moi, j'attends toujours qu'Oreste vienne mettre un terme
à tant d'indignités; en l'attendant, je me meurs, infortunée !
Ses délais, ses hésitations interminables ont fini par détruire
toutes mes espérances.

Dans une pareille situation, chères compagnes, il m'est
bien difficile de rester dans les limites de la modération et
du respect. Le malheur pousse fatalement au mal.

LE CHŒUR.

Dis-moi, pendant que tu parles, Égisthe est-il, oui ou non,
dans le palais ?

ÉLECTRE.

Il est sorti. Crois-tu que, s'il était ici, j'aurais pu franchir
le seuil? Il est maintenant hors de la ville.

LE CHŒUR.

Je vais te parler avec plus d'assurance, s'il en est ainsi.

ÉLECTRE.

Oui, il est absent; dis-moi tout ce qu'il te plaira.

LE CHŒUR.

— Eh bien ! je veux te demander des nouvelles de ton frère. Doit-il bientôt revenir, ou tarde-t-il encore ? Je brûle de l'apprendre.

ÉLECTRE.

Il dit qu'il arrive ; il le répète, mais il n'en fait rien.

LE CHŒUR.

On hésite toujours avant une grande entreprise.

ÉLECTRE.

Ai-je hésité, moi, quand il s'agissait de le sauver ?

LE CHŒUR.

Rassure-toi ; il a le cœur noble ; il secourra ses amis.

ÉLECTRE.

Je le crois ; sans cela, je ne vivrais pas longtemps.

LE CHŒUR.

Ne dis plus rien ; à la porte du palais j'aperçois une de tes sœurs, née du même père et de la même mère que toi : c'est Chrysothémis ; elle tient dans ses mains des offrandes telles qu'on a coutume d'en porter aux morts.

———————

LES MÊMES, CHRYSOTHÉMIS.

CHRYSOTHÉMIS.

De quels cris viens-tu faire retentir encore les abords du palais, ma sœur ? Le temps n'a-t-il pu t'apprendre à résis-

ter aux emportements d'une colère inutile? Et moi aussi, je
sens tout ce qu'il y a de pénible dans notre situation présente ; et, si j'en avais la force, je leur montrerais bien mes
sentiments à leur égard. Mais dans la tempête il vaut mieux
plier les voiles ; je ne veux pas menacer quand je ne puis pas
nuire, et je désirerais te voir imiter ma conduite. Tes pensées
sont peut-être plus justes que les miennes ; mais que veux-tu ?
pour vivre libre, il faut se soumettre aux puissants.

ÉLECTRE.

Quelle indignité ! Être la fille d'un père comme le tien et
l'oublier, pour ne plus songer qu'à une misérable mère ! Car
enfin, tous ces conseils que tu me donnes, c'est elle qui te
les a suggérés, et ce n'est pas ta pensée que tu exprimes.
De deux choses l'une : ou tu as perdu le sens, ou tu ou-
blies les devoirs de l'amitié. Tu me disais tout à l'heure
que si tu en avais la force tu leur prouverais ta haine ; et
quand je venge mon père, loin de m'aider dans ma vengeance,
tu m'en détournes. N'est-ce pas ajouter la lâcheté au
malheur ?

Dis-moi ce que je gagnerais à cesser mes gémissements,
ou plutôt écoute-moi. Est-ce qu'ils ne me laissent pas la vie ?
Vie malheureuse, il est vrai, mais qui me suffit, car je ne
cesse de les importuner, et par là j'honore mon père, si les
morts sont encore sensibles à nos honneurs.

Toi qui prétends détester les assassins de notre père, tu les
détestes en paroles, mais en réalité tu vis avec eux. Mais moi,
jamais, non, quand ils m'offriraient tous les avantages dont
tu es fière, jamais je ne leur ferai ma soumission. Qu'une
table somptueuse se dresse devant toi, qu'on t'y prodigue les
mets délicats ; ma nourriture, à moi, c'est de ne pas me con-
traindre ; tes honneurs, je ne les envie pas. Plus sage, tu ne
les aurais pas acceptés toi-même. Tu pourrais être appelée la
fille du plus glorieux des pères ; va, sois la fille de Clytemnes-

tre; ce sera un opprobre pour toi aux yeux de tous les hommes d'avoir ainsi trahi ton père et tes amis.

LE CHŒUR.

Point de colère, au nom des dieux ! Vous gagnerez toutes deux à cette conversation, pourvu que tu veuilles profiter de ses conseils, et elle des tiens.

CHRYSOTHÉMIS.

Pour moi, ô femmes, je suis accoutumée à son langage; et je ne lui aurais parlé de rien, si je n'avais appris le grand malheur qui la menace et qui mettra fin à ses longs gémissements.

ÉLECTRE.

Voyons ! quel est cet affreux malheur? S'il est plus grand que ceux qui m'accablent déjà, je consens à me taire.

CHRYSOTHÉMIS.

Je vais te dire tout ce que je sais. Ils vont, si tu ne mets pas un terme à tes plaintes, t'envoyer dans un lieu où tu ne verras plus la clarté du soleil, t'ensevelir vivante loin d'ici, dans une caverne ténébreuse, où tu pourras à loisir exhaler ta douleur. Réfléchis, et, s'il t'arrive malheur dans la suite, ne m'en accuse pas. Il est encore temps de prendre une sage résolution.

ÉLECTRE.

Est-il bien vrai qu'ils veulent me traiter de la sorte ?

CHRYSOTHÉMIS.

Oui, dès le retour d'Égisthe.

ÉLECTRE.

Alors, qu'il revienne au plus vite !

CHRYSOTHÉMIS.

Quel funeste vœu formes-tu, malheureuse ?

ÉLECTRE.

Qu'il revienne, si tels sont ses desseins !

CHRYSOTHÉMIS.

Mais que veux-tu donc? Où as-tu l'esprit?

ÉLECTRE.

Je veux fuir loin de vous, le plus loin possible.

CHRYSOTHÉMIS.

N'as-tu donc aucun souci de la vie?

ÉLECTRE.

Elle est belle en effet, elle est digne d'envie, la vie que je mène !

CHRYSOTHÉMIS.

Elle le serait, si tu savais écouter la raison.

ÉLECTRE.

Ne me conseille pas d'être infidèle à mes amis.

CHRYSOTHÉMIS.

Non, mais de céder aux puissants.

ÉLECTRE.

Libre à toi de les flatter ; pour moi, tel n'est pas mon caractère.

CHRYSOTHÉMIS.

Il n'est pourtant pas glorieux de périr par sa faute.

ÉLECTRE.

Périssons, s'il le faut; mais vengeons notre père.

CHRYSOTHÉMIS.

Notre père, j'en suis sûr, excuse ma soumission.

ÉLECTRE.

Il faudrait être sans cœur pour approuver ce langage.

CHRYSOTHÉMIS.

Tu ne veux donc pas me croire et m'imiter?

ÉLECTRE.

Non, certes; me préservent les dieux d'être aussi insensée!

CHRYSOTHÉMIS.

Eh bien! je vais où l'on m'a envoyée.

ÉLECTRE.

Où vas-tu? Pour qui ces offrandes que tu portes?

CHRYSOTHÉMIS.

Ma mère m'envoie répandre des libations au tombeau de mon père.

ÉLECTRE.

Que dis-tu? de celui qu'elle déteste le plus?

CHRYSOTHÉMIS.

De celui qu'elle a tué de sa main; c'est bien ce que tu veux dire.

ÉLECTRE.

Quel ami lui a donné ce conseil? A qui est venue l'idée d'un tel sacrifice?

CHRYSOTHÉMIS.

Elle lui a été, je crois, inspirée cette nuit par la frayeur.

ÉLECTRE.

Dieux de ma patrie, maintenant du moins, vous venez à mon aide.

CHRYSOTHÉMIS.

Quelle confiance peuvent donc t'inspirer ses alarmes ?

ÉLECTRE.

Je te le dirai quand tu m'auras raconté sa vision.

CHRYSOTHÉMIS.

Ce que j'en sais est bien peu de chose.

ÉLECTRE.

Dis-le cependant : souvent il suffit de quelques mots pour abattre ou relever les mortels.

CHRYSOTHÉMIS.

On dit que, revenu à la lumière, ton père et le mien s'est présenté à elle. Comme autrefois, il tenait à la main ce sceptre qu'Égisthe tient aujourd'hui ; il le planta près du foyer, et aussitôt en sortit un rameau verdoyant qui couvrit de son ombre tout le pays de Mycènes. Ce récit, je le tiens de quelqu'un qui a entendu Clytemnestre raconter sa vision au soleil ; mais je ne sais rien de plus, si ce n'est que, dans sa frayeur, elle m'envoie au tombeau de mon père.

Au nom des dieux de notre famille, écoute-moi, je t'en supplie ; ne va pas te perdre par ton imprudence, car si tu me repousses, le malheur te forcera plus tard de recourir à moi.

ÉLECTRE.

Ma sœur, ces offrandes que tu tiens dans tes mains, ne va pas les déposer sur le tombeau.! Ce serait un crime, un sacrilége, d'offrir au nom d'une épouse odieuse des présents et des libations à notre père.

Jette-les aux vents, ou enfouis-les bien avant dans la poussière, et qu'on ne puisse jamais en rien apporter à la couche funèbre d'Agamemnon. Que la terre lui garde, à elle, ces dons précieux, pour le jour où elle ne sera plus. D'ailleurs, si son audace ne dépassait pas toutes les bornes, elle n'offrirait pas ces abominables libations à celui qu'elle a tué. Car, dis-moi : dans son tombeau le mort les recevra-t-il avec plaisir, ces honneurs rendus par une femme qui l'a fait périr misérablement, qui lui a coupé avec rage les extrémités des membres, qui, pour se purifier, lui a essuyé sur la tête son arme ensanglantée ? le crois-tu ? Et ces offrandes que tu portes, expieront-elles son forfait ? Non, non. Eh bien ! laisse-les. Coupe plutôt quelques boucles de tes cheveux et des miens : chétif présent, il est vrai, mais, hélas ! je n'en ai pas d'autre ! Porte-lui cette triste chevelure avec cette ceinture sans ornements. Tombe à genoux ; prie-le de nous être propice, et, du sein de la terre, de venir à notre secours contre nos ennemis. Que, plein de vie, son fils Oreste les renverse d'un bras victorieux et les foule à ses pieds; et nous pourrons ensuite entourer son tombeau d'offrandes plus précieuses que celles-ci.

Je crois, oh ! oui, je crois qu'il avait ses vues en envoyant ce songe effrayant à Clytemnestre. Néanmoins, ma sœur, fais ce que je te demande, dans ton intérêt, dans le mien, dans celui du mortel que nous avons le plus aimé, de notre père qui repose dans le séjour de Pluton.

LE CHŒUR.

C'est la piété qui lui inspire ces conseils; tu feras bien de les suivre.

CHRYSOTHÉMIS.

Je les suivrai : il ne serait pas sensé de discuter contre vous deux; je vais me hâter d'agir. Mais, chères compagnes, sur toute cette affaire où je m'engage, au nom des dieux, gardez le silence, car si ma mère venait à savoir quelque chose, il m'en coûterait cher d'avoir eu tant d'audace.

LE CHŒUR, ÉLECTRE.

LE CHŒUR. *(Strophe.)*

Si je ne me trompe pas dans mes prédictions, si je n'ai pas perdu le sens, elle s'est annoncée, elle vient, la justice, apportant dans ses mains une terrible vengeance. Elle arrivera dans peu de temps, ma fille; j'en ai la confiance, depuis que j'ai entendu tout à l'heure le récit de cet heureux songe. Il n'oublie pas le passé, le roi des Grecs, ton père; elle ne l'oublie pas, cette hache d'airain à deux tranchants qui l'a indignement frappé.

(Antistrophe.)

Elle viendra avec ses cent pieds, ses cent bras, ses piéges redoutables et cachés, la Furie aux pieds d'airain. Ils se sont passionnés à l'envi pour un mariage criminel, adultère, sanglant, qu'il ne leur était pas permis de contracter. Après cela, j'en suis persuadée, le prodige de cette nuit est une menace pour eux et pour leurs complices. Il ne faut plus chercher l'avenir dans les oracles des dieux, ni dans les songes les

2

plus terribles, si cette apparition nocturne n'annonce pas un événement heureux.

(Épode.)

Course de Pélops, course de si pénible souvenir, que tu as été funeste à ce pays ! Depuis que Myrtile, victime d'une odieuse lâcheté, a été arraché de son char tout en or et précipité dans les flots qui lui servent de tombe, jamais cette maison n'a vu s'éloigner d'elle les malheurs et la honte.

CLYTEMNESTRE, ÉLECTRE, LE CHŒUR.

CLYTEMNESTRE.

Te voilà donc encore sortie du palais, errant en liberté! On voit bien qu'Égisthe est absent, car il sait t'empêcher de franchir le seuil et d'aller diffamer les tiens.

Mais, dès qu'il n'est plus là, tu ne tiens pas grand compte de moi. À chaque instant tu répètes à qui veut l'entendre que j'abuse de mon pouvoir, que je t'accable toi et les tiens d'injustices et d'outrages. Moi, je ne tiens à outrager personne ; mais je réponds sur le même ton à toutes tes insolences.

Ton père, dis-tu (et c'est toujours là ton reproche), ton père est mort de ma main ; oui, de ma main, je l'avoue, et j'aurais mauvaise grâce à le nier ; mais ce n'est pas moi seule, c'est la Justice qui l'a tué, et, si tu avais été plus sage, tu m'aurais toi-même prêté ton secours. Car ce père que tu ne cesses de pleurer, il est le seul d'entre les Grecs qui ait osé sacrifier ta sœur. Et encore, pour qui l'a-t-il sacrifiée ? Est-ce dans l'intérêt de la Grèce ? Mais la Grèce n'avait aucun droit sur la vie de ma fille. Est-ce dans l'intérêt de Ménélas ? Alors, bourreau des miens, il devait recevoir son châtiment. Est-ce

que Ménélas n'avait pas deux enfants? Issus de ceux pour qui
naviguait notre armée, c'étaient eux, et non ma fille, qui de-
vaient mourir. Pluton était-il donc plus altéré de mon sang
que de celui d'Hélène? Ou bien Agamemnon, ce père déna-
turé, insensible envers mes enfants, n'aimait-il que ceux de
Ménélas? N'est-ce pas, dans un père, de l'aveuglement et de
la cruauté?

Voilà mon raisonnement. Ce n'est pas le tien; mais celle
qui n'est plus, si elle pouvait prendre la parole, serait d'accord avec moi. Ainsi, je ne regrette pas ce qui est fait. Toi
qui trouves que j'ai tort, avant de blâmer tes parents, de-
viens plus raisonnable.

ÉLECTRE.

Tu ne diras pas cette fois que mon insolence a provoqué tes
injures. Mais, si tu veux me le permettre, je vais te parler au
nom de mon père et de ma sœur.

CYTEMNESTRE.

Je le veux bien ; si tu gardais toujours ce ton respectueux,
je n'aurais pas de peine à t'entendre.

ÉLECTRE.

Je te parlerai donc : tu avoues que tu as tué mon père.
Qu'il ait, oui ou non, mérité sa mort, peux-tu faire un aveu
plus horrible? Mais je prétends qu'il ne l'a pas méritée, et
que tu as cédé aux suggestions du scélérat qui est devenu ton
époux. Demande à Diane chasseresse pour quelle faute elle
enchaînait à Aulis tous les vents qui y soufflent d'ordi-
naire; mais je vais te le dire, car il est inutile de l'interro-
ger. Voici ce qu'on m'a rapporté : mon père, un jour qu'il
chassait dans le bois de la déesse, poursuivit un cerf à la
robe tachetée et à la haute ramure. Il le tua, et, dans l'or-
gueil de sa victoire, il laissa échapper une parole arrogante.

Indignée, la fille de Latone réclama en échange le sang d'Iphigénie, et retint les Grecs à Aulis. On fit donc le sacrifice sans lequel l'armée ne pouvait ni marcher contre Ilion, ni revenir dans ses foyers.

C'est pour cela, et non pour plaire à Ménélas, que malgré lui, après avoir longtemps résisté, il se résigna à ce pénible sacrifice . . . .

Mais raisonner avec toi est impossible, car tu vas aussitôt crier de toutes tes forces que nous insultons notre mère. Tu es pourtant un tyran pour moi, plutôt qu'une mère, car si je passe ma vie dans les souffrances, c'est toi qui m'en accables, de concert avec ton époux. Ah ! cet autre enfant, échappé de tes mains à grand peine, cet infortuné Oreste qui traîne dans l'exil une si pénible existence, tu m'as souvent accusé d'élever en lui le vengeur de tes cruautés ! Mais, si j'en avais la force, j'agirais moi-même, sache-le bien.

Va maintenant publier partout que je suis méchante, insolente, sans pudeur. Si j'ai toutes ces belles qualités, je suis digne de ma mère.

LE CHŒUR.

Je vois qu'elle respire la fureur. Mais a-t-elle de justes motifs ? Je ne vois pas qu'on s'occupe de le savoir.

CLYTEMNESTRE.

Dois-je tant m'occuper d'une fille qui outrage sa mère, et cela à son âge ? Ne vous semble-t-elle pas toute prête à se porter aux dernières violences, sans même rougir ?

ÉLECTRE.

Apprends, quoi que tu en dises, que je rougis de mes emportements. Je sens qu'ils ne conviennent ni à mon âge, ni à ma dignité. Mais ta haine et ta conduite me poussent malgré moi à ces extrémités. L'exemple du mal apprend à faire le mal.

CLYTEMNESTRE.

Monstre d'insolence ! Tu parles beaucoup trop de moi, de mes paroles et de mes actes.

ÉLECTRE.

Ce que je dis, c'est à toi qu'il faut le reprocher, et non pas à moi. Car c'est toi qui agis, et tes actes dictent mes paroles.

CLYTEMNESTRE.

Par Arthémis, quand Égisthe sera de retour, tu n'échapperas pas au châtiment que mérite ton audace.

ÉLECTRE.

Tu vois ? tu t'emportes ! Après m'avoir donné la permission de tout dire, tu ne sais pas m'entendre.

CLYTEMNESTRE.

Et, parce que je t'ai donné cette permission, tes cris funestes m'empêcheront-ils de faire mon sacrifice ?

ÉLECTRE.

Offre-le, ton sacrifice, j'y consens volontiers ; mais n'accuse plus ma bouche, car je ne dis plus rien.

CLYTEMNESTRE.

Toi, esclave, apporte ces présents, ces fruits, afin que je les offre avec mes prières au dieu dont voici l'image, et qu'il me délivre des terreurs qui m'obsèdent. Entends, Apollon protecteur, les vœux cachés de mon âme ; car ce n'est pas au milieu d'amis que je t'en parle ; je ne puis pas les révéler au grand jour, en présence de celle qui est là près de moi : avec sa haine, elle ne manquerait pas de parcourir la ville et d'y semer en criant des rumeurs insensées. Ma prière restera donc secrète ; daigne néanmoins l'écouter.

Ce songe obscur que j'ai eu pendant la nuit, dieu lycien, fais qu'il s'accomplisse, s'il me présage d'heureux événements ; mais s'il m'annonce des malheurs, détourne-les sur mes ennemis. Si quelqu'un d'entre eux forme des complots pour renverser ma prospérité présente, ne permets pas qu'il réussisse ! Puissé-je, pendant le cours d'une vie toujours heureuse, garder en paix ce palais et ce sceptre des Atrides, entourée de mes amis et des enfants qui n'ont pour moi ni malveillance, ni paroles amères.

Apollon, dieu lycien, daigne m'écouter favorablement ; accorde-moi tout ce que je t'ai demandé ; le reste, je ne le dis pas, mais je pense qu'avec ton regard divin tu le lis dans mon cœur : rien n'échappe à la connaissance des fils de Jupiter.

LES MÊMES, LE GOUVERNEUR D'ORESTE.

LE GOUVERNEUR.

Filles d'Argos, pourrais-je savoir si ce palais est bien celui d'Égisthe ?

LE CHŒUR.

C'est lui, étranger ; tu ne t'es pas trompé.

LE GOUVERNEUR.

Et voici son épouse, si je ne m'abuse pas davantage, car son extérieur annonce une reine.

LE CHŒUR.

Oui, c'est bien elle qui est devant tes yeux.

LE GOUVERNEUR.

Je te salue, ô reine. Je viens t'apporter, ainsi qu'à Égisthe,
de la part d'un de vos amis, une nouvelle agréable.

CLYTEMNESTRE.

Ces paroles sont de bon augure. Voudrais-tu me dire
de suite le nom de celui qui t'envoie?

LE GOUVERNEUR.

Phanotée le Phocéen ; il veut vous apprendre un grand
événement.

CLYTEMNESTRE.

Lequel, étranger? Parle. De la part d'un tel ami, tu ne
diras rien, en effet, que de très-agréable.

LE GOUVERNEUR.

Oreste est mort : ce mot dit tout.

ÉLECTRE.

Ah ! malheureuse ! maintenant, c'en est fait de moi.

CLYTEMNESTRE.

Que dis-tu? que dis-tu? Étranger, ne t'occupe pas de ses
cris.

LE GOUVERNEUR.

Oreste est mort ; je te le répète.

ÉLECTRE.

Je suis perdue, infortunée ; je suis anéantie !

CLYTEMNESTRE.

Toi, mêle-toi de tes affaires. Étranger, fais-moi un récit
fidèle de sa mort.

LE GOUVERNEUR.

. C'est là l'objet de mon message, et je te dirai tout.

Oreste était venu, pour disputer les prix, à la solennité des jeux pythiques, honneur de la Grèce. Lorsqu'il eut entendu le héraut annoncer à haute voix la course, qui était le premier combat, il entra dans la lice, et l'éclat de sa beauté fit l'admiration de tous les spectateurs. Agile autant que beau, il parcourt la carrière, atteint le but, et se retire avec le prix glorieux de la victoire. Pour tout dire en peu de mots : nul, je crois, n'a jamais accompli tant d'exploits, remporté tant de triomphes. Sache seulement que dans les cinq courses au long stade, qui sont en usage et que proposèrent les arbitres des jeux, il remporta le prix. On vantait son bonheur ; son nom était dans toutes les bouches. « C'est Oreste d'Argos, disait-on, le fils d'Agamemnon, qui conduisit jadis la célèbre armée des Grecs. » Tels étaient ses succès. Mais quand un dieu nous poursuit, il est impossible même aux puissants d'échapper à ses coups. Le lendemain était le jour marqué pour la course des chars. Au lever du soleil, Oreste se présenta au milieu de nombreux concurrents : le premier était d'Achaïe, le second de Sparte, puis deux Lydiens habiles à conduire les chars ; le cinquième était Oreste avec ses chevaux de Thessalie ; le sixième était Étolien et avait des chevaux à la blonde crinière ; le septième était de Magnésie ; le huitième, aux coursiers blancs, était originaire d'Œnia ; le neuvième était d'Athènes, bâtie par les dieux ; enfin un Béotien conduisait le dixième char. Quand ils sont arrivés, les juges désignés tirent les noms au sort et assignent à chacun son rang. Bientôt, au son de la trompette d'airain, tous s'élancent, tous animent leurs chevaux de la voix et agitent les rênes. La carrière est remplie du bruit des chars retentissants, et la poussière s'élève dans l'air. Les concurrents confondus ensemble, n'épargnent point l'aiguillon pour devancer les roues d'un rival et ses coursiers frémissants ; le souffle des chevaux fait voler l'écume sur leur dos et sur le moyeu des chars. Chaque fois qu'il atteint la dernière borne, Oreste l'effleure de son essieu, et, lâchant les rênes du cheval de droite, il retient celui de gauche. Pendant quelque temps tous les chars restèrent debout ; mais tout à coup les coursiers de l'Œnianien, n'obéissant plus au frein, s'emportèrent, et, lorsqu'ils changeaient de direction, lorsque le sixième tour achevé, ils commençaient le septième, ils vinrent heurter de front les coursiers du Barcéen. De ce coup les chars se brisent, se renversent l'un sur l'autre, et les débris de leur naufrage couvrent la plaine de Crisa. A cette vue, l'Athénien, en conducteur habile, s'écarte de la ligne, s'arrête et laisse passer le flot tumultueux au milieu de l'arène. Oreste venait après lui, le dernier, retardant ses chevaux pour les ménager, et mettant tout son espoir dans la fin de la course. Mais, voyant qu'il ne lui reste plus qu'un seul adversaire, il fait claquer son fouet aux oreilles de ses chevaux et poursuit l'Athénien. Les chars courent de front ; tantôt c'est l'un, tantôt c'est l'autre dont les chevaux dépassent de la tête ceux de son rival. Le prince courageux avait déjà achevé toutes les courses, et, sain et sauf sur son char intact, il se tenait debout, lorsque, lâchant la bride du cheval qui tourne à gauche, il heurte sans s'en apercevoir l'extrémité de la borne. L'essieu rompt par le milieu. Oreste tombe, s'embarrasse dans les rênes, et au bruit de sa chute les chevaux s'enfuient errants à travers la carrière.

A cette vue, l'assemblée pousse un cri : elle déplore le sort de ce jeune homme qui après de si beaux exploits trouve une si triste fin. On le voit traîné dans la poussière, et parfois les pieds en haut. Enfin des conducteurs arrêtent avec peine ses coursiers fougueux, le débarrassent des rênes, sanglant et tellement défiguré qu'aucun de ses amis n'aurait pu le reconnaître. Des Phocéens sont chargés de brûler son corps. Ils enferment dans une petite urne les tristes cendres de ce

grand homme afin qu'il obtienne un tombeau dans la terre de
sa patrie.

Voilà le récit que j'avais à te faire : il est douloureux sans
doute ; mais plus douloureux encore était le spectacle de ce
malheur pour ceux qui en ont été témoins. Jamais je n'ai
rien vu de plus affreux.

LE CHŒUR.

Hélas, hélas ! voilà toute la race de nos anciens rois dé-
truite jusque dans sa racine !

CLYTEMNESTRE.

O Jupiter ! que dire de cet événement ? Qu'il est heureux,
ou qu'il est triste et utile tout à la fois ? Déplorable destinée,
de ne sauver ma vie que par mon malheur.

LE GOUVERNEUR.

Reine, comment mon récit peut-il te causer un tel abat-
tement ?

CLYTEMNESTRE.

L'amour maternel est si puissant ! Même quand ils l'ou-
tragent, une mère ne peut haïr ses enfants.

LE GOUVERNEUR.

J'ai fait, je le vois, un voyage inutile.

CLYTEMNESTRE.

Inutile ! Non, ô étranger, car, après les détails que tu
viens de me donner, je ne puis douter qu'il ne soit mort
celui qui, né de mon sang, nourri de mon lait, a fui loin de
mon sein sur une terre étrangère, et depuis son départ ne
m'a jamais revue ; celui qui me reprochait le meurtre de son
père et me terrifiait par ses menaces. Ni la nuit, ni le jour,

le doux sommeil n'habitait sous mon toit, et je passais ma vie dans une crainte perpétuelle de la mort. Ce jour m'a délivrée des terreurs qu'ils m'inspiraient, lui et celle-ci, car elle était pour moi un fléau plus grand encore, cette ennemie domestique qui buvait le plus pur de mon sang. Enfin me voici délivrée de ses menaces, et je pourrai vivre tranquille.

ÉLECTRE.

Infortunée que je suis! C'est maintenant, cher Oreste, qu'il faut gémir sur ton sort, puisque, même en cet état, tu as encore à subir les outrages de cette indigne mère. Vraiment, tout n'est-il pas pour le mieux?

CLYTEMNESTRE.

Pour toi non ; pour lui, tel qu'il est, je le trouve bien.

ÉLECTRE.

Némésis, vengeresse de celui qui vient de mourir, entends cette parole.

CLYTEMNESTRE.

Elle a entendu les paroles qu'elle devait entendre et les a exaucées.

ÉLECTRE.

Insulte-nous : la fortune te favorise.

CLYTEMNESTRE.

Et ni Oreste, ni toi, ne détruirez mon bonheur.

ÉLECTRE.

Tout est fini pour nous ; nous ne pouvons rien contre toi.

CLYTEMNESTRE.

Tu mériterais bien des remercîments, étranger, si tu faisais taire ses paroles et ses cris.

LE GOUVERNEUR.

Ma mission est accomplie : je puis me retirer.

CLYTEMNESTRE.

Non, non : pour m'honorer et par égard pour l'hôte dont tu es l'envoyé, entre dans ce palais. Laissons-la, à la porte, pousser des gémissements sur elle-même et sur les siens.

ÉLECTRE, LE CHŒUR.

ÉLECTRE.

Vous semble-t-elle accablée de regrets et de douleurs ? A-t-elle pleuré amèrement son fils, cette misérable mère ? Non, elle est sortie le sourire sur les lèvres. Que je suis malheureuse ! O mon cher Oreste, en périssant, tu m'as perdue ; tu as emporté avec toi la seule espérance que je nourrissais dans mon cœur, celle de te voir arriver ici plein de vie pour venger ton père et ta sœur infortunée. Où me réfugier, seule, privée de mon père et de toi ? Il me faudra donc toujours vivre comme une esclave au milieu de mes plus mortels ennemis, au milieu des assassins de mon père ? Mon sort n'est-il pas digne d'envie ? Mais non, je n'habiterai plus sous leur toit, puique je n'ai plus d'amis. C'est ici, sur ce seuil, que, m'abandonnant moi-même, je laisserai se consumer ma vie ; et pour ceux qui habitent ce palais, qu'ils me fassent mourir si je les importune, car en vérité la mort me serait un bienfait ; la vie m'est un supplice, et je ne la regretterais pas.

LE CHŒUR. *(Strophe I.)*

Où sont les foudres de Jupiter, où sont les feux du soleil, si, voyant ces horreurs, ils restent sans se montrer et sans agir ?

ÉLECTRE.

Hélas, hélas !

LE CHŒUR.

Ma fille, pourquoi ces sanglots ?

ÉLECTRE.

O désespoir !

LE CHŒUR.

Modère tes cris.

ÉLECTRE.

Tu me fais mourir. Pourquoi veux-tu que j'espère en ceux qui sont descendus chez Pluton ? C'est encore aigrir ma douleur.

LE CHŒUR.

Tu es malheureuse entre toutes les malheureuses.

ÉLECTRE.

Je le sais bien ; je le sais trop. Depuis longtemps les mois qui succèdent aux mois ne m'apportent que d'odieuses et terribles souffrances.

LE CHŒUR.

Nous connaissons le sujet de tes plaintes.

ÉLECTRE.

N'essaie donc plus de me consoler, puisque je ne puis espérer désormais le secours de mon généreux frère.

LE CHŒUR. (*Antistrophe.*)

Que dis-tu, Électre ?

Souviens-toi d'Amphiaraüs ; séduite par un collier d'or, son épouse l'a fait périr ; mais lui, maintenant, il règne plein de vie.

ÉLECTRE.

Hélas, hélas !

LE CHŒUR.

Sous terre, il est vivant.

ÉLECTRE.

Que je souffre !

LE CHŒUR.

Tous les hommes doivent mourir.

ÉLECTRE.

Mais est-ce en tombant dans une course de chevaux, en s'embarrassant dans des rênes, comme cet infortuné ?

LE CHŒUR.

Ce malheur est immense.

ÉLECTRE.

Comment le nier ? Sur une terre d'exil, d'autres mains que les miennes ont recueilli ses cendres, et il n'a pas eu de tombeau, il n'a pas reçu le tribut de nos larmes !

LE CHŒUR.

Hélas, hélas !

LES MÊMES, CHRYSOTHÉMIS.

CHRYSOTHÉMIS.

J'accours en toute hâte, sœur chérie, sans m'inquiéter de la bienséance, et transportée de joie, car je t'apporte le bonheur, la fin de ces maux qui t'ont fait gémir trop long-temps.

ÉLECTRE.

Comment pourrais-tu jamais trouver un soulagement à mes maux ? Ils n'ont point de remède.

CHRYSOTHÉMIS.

Oreste est arrivé; apprends-le de ma bouche. C'est sûr, comme il est sûr que je suis devant toi.

ÉLECTRE.

Est-ce que tu as perdu la raison, malheureuse ? Veux-tu donc rire de tes maux et des miens ?

CHRYSOTHÉMIS.

Non, par le foyer paternel, non, je ne ris pas de ta douleur; mais je dis qu'Oreste est ici.

ÉLECTRE.

Oh ! infortunée que je suis ! Et qui te l'a dit, pour que tu l'aies cru si facilement ?

CHRYSOTHÉMIS.

Nul ne me l'a dit; je l'ai cru parce que, de mes propres
yeux, j'ai vu des indices certains de son retour.

ÉLECTRE.

Hélas! quels sont ces indices? quel est l'objet dont la vue
t'a enflammé d'une si folle ardeur?

CHRYSOTHÉMIS.

Au nom des dieux, écoute, et, quand tu sauras tout, tu
me diras si je suis, oui ou non, dans mon bon sens.

ÉLECTRE.

Parle, si tel est ton désir.

CHRYSOTHÉMIS.

Je vais te dire tout ce que j'ai vu. Arrivée au sépulcre antique où repose mon père, j'aperçois, au sommet, des flots
de lait nouvellement répandus, et, tout autour, des fleurs
de toute espèce. Dans mon étonnement, je regarde autour
de moi s'il y a quelqu'un; tout est tranquille. Je m'approche du tombeau, et je découvre sur le haut une boucle
de cheveux fraîchement coupés. Cette vue évoque aussitôt
dans mon esprit une image bien connue, hélas! celle du plus
cher des mortels, d'Oreste, dont tout semble m'attester le
retour. Je me garde de dire un seul mot; je prends ces cheveux dans mes mains, et mes yeux se remplissent de larmes
de joie. Oui, j'en demeure convaincue, ce présent ne vient
que de lui. Car, excepté lui et nous deux, à qui convenait-il
de l'offrir? Or, ce n'est certainement pas moi qui l'ai offert.
Ce n'est pas toi non plus : comment l'aurais-tu fait? tu ne peux
même pas, pour aller prier les dieux, t'éloigner impunément
du palais. Quant à ma mère, elle n'en a guère la pensée, et,

si elle l'avait, sa démarche n'eût pas échappé à nos regards.
Il faut donc que ce soit Oreste. Prends courage, sœur chérie.
Un mauvais génie ne poursuit pas toujours les mêmes vic-
times. Le passé nous a accablées de maux ; le jour présent
nous apporte peut-être beaucoup de biens.

ÉLECTRE.

Hélas ! que ton aveuglement me fait pitié !

CHRYSOTHÉMIS.

Quoi donc ! mon récit n'est-il pas de nature à te réjouir ?

ÉLECTRE.

Tu ne sais ni où tu es, ni où s'égare ton esprit.

CHRYSOTHÉMIS.

Puis-je me tromper, quand j'ai vu clairement de mes
yeux ?

ÉLECTRE.

Il est mort, malheureuse ! Ne tourne plus tes regards vers
lui ; n'attends plus de lui ta délivrance.

CHRYSOTHÉMIS.

O douleur! de qui tiens-tu cette nouvelle ?

ÉLECTRE.

D'un homme qui a été le témoin de sa mort.

CHRYSOTHÉMIS.

Où est-il, cet homme ? Je suis tout interdite.

3

ÉLECTRE.

Il est dans le palais ; sa vue cause à ma mère plus de joie que de chagrin.

CHRYSOTHÉMIS.

Tous ces présents que j'ai vus, malheureuse! qui donc les a portés au tombeau de notre père?

ÉLECTRE.

C'est probablement un souvenir d'Oreste que la main d'un ami est venue y déposer après sa mort.

CHRYSOTHÉMIS.

Infortunée! J'accourais toute joyeuse t'annoncer une bonne nouvelle. Mais j'ignorais cet excès d'infortune. En arrivant, je retrouve mes douleurs passées et bien d'autres encore.

ÉLECTRE.

Il n'est que trop vrai ; mais, si tu veux m'en croire, tu nous délivreras du poids de nos maux.

CHRYSOTHÉMIS.

Pourrai-je faire sortir les morts de leur tombeau?

ÉLECTRE.

Ce n'est pas ce que je veux dire; je ne suis pas si insensée.

CHRYSOTHÉMIS.

Que demandes-tu donc, dont je sois capable ?

ÉLECTRE.

Ose entreprendre ce que je vais te conseiller.

CHRYSOTHÉMIS.

Si c'est utile, je ne m'y refuse pas.

ÉLECTRE.

Songes-y : on n'arrive à rien sans peine.

CHRYSOTHÉMIS.

Je le sais : tout ce que je puis, je le ferai pour te seconder.

ÉLECTRE.

Apprends donc quel est mon dessein. Tu sais que nous n'avons plus aucun secours à attendre de nos amis : Pluton nous les a enlevés, et nous sommes seules en ce monde. Tant que je savais Oreste vivant, je conservais l'espoir qu'il viendrait venger le meurtre de notre père ; mais maintenant qu'il n'est plus, c'est sur toi que je jette les yeux. J'espère que tu n'hésiteras pas à te joindre à ta sœur pour tuer l'assassin de notre père, Égisthe... Vois donc quelle célébrité tu nous obtiendras à nous deux, si tu fais ce que je te demande. Y aura-t-il un seul habitant de cette ville, un seul étranger qui, en nous voyant, ne fasse cet éloge : « Amis, voici ces deux sœurs qui ont sauvé la maison de leur père et qui, sans craindre la mort, ont fait périr leurs puissants ennemis. Elles ont droit à l'amour et au respect de tous ; et dans les fêtes des dieux, et dans les assemblées publiques, il faut honorer leur courage viril. » Voilà ce que chacun dira de nous. Vivantes et mortes, nous aurons une gloire qui ne périra pas. O sœur chérie, écoute-moi ; viens en aide à ton père ; délivre-moi de mes maux ; délivre-toi des tiens, et songe qu'il est honteux à une âme bien née de vivre dans l'opprobre.

LE CHŒUR.

Pour conseiller ou exécuter de pareilles entreprises, il faut appeler la prudence à votre aide.

CHRYSOTHÉMIS.

Et, chères compagnes, si son esprit n'était pas aveuglé, c'est avant d'ouvrir la bouche qu'elle eût consulté la prudence; mais elle ne l'a pas fait.

Quel est donc ton espoir, en t'armant d'une telle audace et en m'appelant à te seconder ? Est-ce que tu n'y penses pas ? Tu es une femme, et non pas un homme : ton bras n'a pas la force du bras de tes ennemis.

Chaque jour ajoute à leur bonheur, tandis que le nôtre s'écoule et nous échappe : je t'en conjure, avant de consommer tout à fait notre ruine, avant de détruire notre race, apaise ton courroux. Tes paroles seront ensevelies dans l'oubli, comme si elles n'avaient jamais été prononcées ; cède enfin à la raison et, puisque tu ne peux rien, sois soumise à ceux qui ont la puissance.

LE CHŒUR.

Suis ses conseils : pour les hommes, il n'est rien de plus précieux que la prudence et la sagesse.

ÉLECTRE.

Ta réponse ne m'a point surprise : je prévoyais ton refus ; puisqu'il le faut, ma main accomplira seule mon projet, et je ne l'aurai pas formé en vain.

CHRYSOTHÉMIS.

Hélas! que n'avais-tu ces dispositions quand on égorgeait notre père? Tout serait fini.

ÉLECTRE.

J'avais autant de fermeté dans l'âme, mais moins de décision dans l'esprit.

CHRYSOTHÉMIS.

Eh bien ! garde donc toute ta vie cet esprit si décidé.

ÉLECTRE.

Cette réflexion veut dire que tu ne veux pas me seconder.

CHRYSOTHÉMIS.

Une mauvaise entreprise a toujours une issue funeste.

ÉLECTRE.

J'envie ta prudence, mais je hais ta lâcheté.

CHRYSOTHÉMIS.

Je t'entendrai quelque jour approuver ma conduite.

ÉLECTRE.

L'approuver, jamais ; n'attends pas cela de moi.

CHRYSOTHÉMIS.

L'avenir en décidera.

ÉLECTRE.

Laisse-moi seule ; tu ne peux m'être utile.

CHRYSOTHÉMIS.

Je le pourrais ; mais tu ne veux pas m'écouter.

ÉLECTRE.

Va trouver ta mère, et raconte-lui tout.

CHRYSOTHÉMIS.

Je n'ai pas pour toi tant de haine.

ÉLECTRE.

Vois pourtant à quel déshonneur tu me pousses.

CHRYSOTHÉMIS.

Ce n'est pas au déshonneur, mais à la prudence.

ÉLECTRE.

Suis-je obligée de faire tout ce qui te semble bon ?

CHRYSOTHÉMIS.

Quand tu seras plus sage, c'est toi qui nous dirigeras.

ÉLECTRE.

Il est vraiment triste de parler si bien et de ne pas convaincre.

CHRYSOTHÉMIS.

C'est là justement ton malheur !

ÉLECTRE.

Quoi ! ce que je te propose ne te paraît-il pas juste ?

CHRYSOTHÉMIS.

Si ; mais il est des cas où ce qui est juste est nuisible.

ÉLECTRE.

Jamais de pareilles maximes ne régleront ma conduite.

CHRYSOTHÉMIS.

Si tu accomplis ton projet, un jour tu loueras mes maximes.

ÉLECTRE.

Assurément je l'accomplirai ; tu ne m'as point intimidée.

CHRYSOTHÉMIS.

Est-il vrai ? Ne changeras-tu pas d'avis ?

ÉLECTRE.

Non, car rien ne m'est plus odieux que les lâches conseils.

CHRYSOTHÉMIS.

Mes paroles ne font, je le vois, aucune impression sur ton esprit.

ÉLECTRE.

Aucune ; ma résolution est prise depuis longtemps.

CHRYSOTHÉMIS.

Je me retire donc, car mes paroles te déplaisent, et moi je n'ose approuver ta conduite.

ÉLECTRE.

Va, je ne chercherai plus à avoir de rapports avec toi, quand même tu le désirerais, car chercher ce qui ne sert de rien, c'est le fait d'un insensé.

CHRYSOTHÉMIS.

Eh bien ! puisque tu te crois si sage, persiste dans tes idées ; une fois tombée dans le malheur, tu approuveras mes paroles.

LE CHŒUR. (Strophe.)

Quoi ! nous voyons dans les airs des oiseaux intelligents nourrir à leur tour ceux qui leur ont donné la vie et les premiers soins, et nous n'imitons pas leur reconnaissance ! Mais, j'en atteste les foudres de Jupiter et la céleste Justice, le châtiment des ingrats ne tardera point. O renommée des sombres demeures, fais entendre une voix lamentable aux mânes des Atrides, annonce-leur la tristesse et la honte.

(Antistrophe.)

Dis-leur les maux de leur famille et le différend de ces deux sœurs que l'amitié ne rapproche plus par ses doux liens. Délaissée, seule au milieu des flots de sa douleur, Électre ne cesse de gémir sur son malheureux père, ainsi qu'un rossignol plaintif ; sans crainte de la mort, elle consent à fermer les yeux, pourvu qu'elle immole les deux furies. Vit-on jamais fleurir plus de générosité ?

(Épode.)

Un noble cœur vit malheureux s'il le faut, mais ne veut pas souiller sa gloire et flétrir son nom. Ainsi, ô ma fille, ma fille, tu as choisi cette triste vie des enfers, qui nous attend tous, et, armant ton bras contre le crime, tu conquiers la double gloire de la sagesse et du courage.

Que tes exploits et ta fortune abaissent sous tes pieds tes ennemis autant que tu es maintenant abaissée au-dessous d'eux. Car je t'ai trouvée malheureuse, mais fidèle entre toutes aux saintes lois de la conscience et à la piété envers Jupiter.

ORESTE, PYLADE, LE CHŒUR, ÉLECTRE.

ORESTE.

Femmes, nous a-t-on bien informés ? Est-ce ici le lieu que nous cherchons ?

LE CHŒUR.

Quel lieu cherches-tu, et quel est ton dessein ?

ORESTE.

Je cherche depuis quelque temps la demeure d'Égisthe.

LE CHŒUR.

C'est ici ; on t'avait donné de bonnes indications.

ORESTE.

Qui de vous pourrait annoncer dans le palais notre arrivée, objet de bien des vœux ?

LE CHŒUR.

Celle-ci, s'il convient au plus proche parent de le faire.

ORESTE.

Entre donc, femme, et dis que des hommes de Phocide désirent parler à Égisthe.

ÉLECTRE.

Ah ! malheureuse que je suis ! Viendriez-vous confirmer la nouvelle que nous avons reçue ?

ORESTE.

Je ne sais de quelle nouvelle tu veux parler ; mais le vieillard Strophius m'a chargé d'un message au sujet d'Oreste.

ÉLECTRE.

Qu'est-ce donc, étranger ? L'effroi me saisit.

ORESTE.

Nous apportons ses faibles restes enfermés dans l'urne étroite que voici.

ÉLECTRE.

Hélas ! malheureuse ! Il est donc bien vrai ! l'objet de ma douleur est sous mes yeux, et presque dans mes mains.

ORESTE.

Si tu déplores les malheurs d'Oreste, sache que son corps est contenu dans cette urne.

ÉLECTRE.

Puisque c'est lui qu'elle contient, donne, étranger, que je la prenne entre mes mains, que je gémisse sur mon sort et sur celui de toute ma race, en inondant cette cendre de mes larmes.

ORESTE.

Approchez, et donnez-la-lui. Je ne sais qui elle est ; mais ce n'est pas la haine qui inspire sa demande. Elle lui est unie par l'amitié ou peut-être par le sang.

ÉLECTRE.

Monument du mortel que j'ai le plus aimé, restes de mon frère, ô Oreste, est-ce ainsi que j'espérais te revoir quand je t'éloignais de ces lieux ? Ce que je porte de toi n'est rien ; et pourtant, cher enfant, je t'ai envoyé si beau ! Que n'ai-je quitté la vie avant de t'envoyer sur la terre étrangère, avant de te sauver de la mort en te dérobant aux meurtriers ! Si tu avais péri ce jour-là, tu aurais partagé le tombeau de notre père. Aujourd'hui, c'est hors de ta patrie, sur la terre étrangère, en exil, que tu as péri misérablement. Et ta sœur n'était pas auprès de toi ! Malheureuse ! mes mains amies n'ont point lavé ton corps, et je n'ai pu, comme je le devais, retirer du bûcher ce triste fardeau ; et, après avoir reçu de mains étrangères ces derniers devoirs, hélas ! tu n'es plus, quand tu reviens, qu'un peu de poussière dans une urne étroite.

Malheureuse ! voilà donc le fruit de tant de soins pénibles et doux que je t'ai prodigués pour élever ton enfance ! Jamais ta mère n'eut autant de dévoûment pour toi. Dans la maison, nul autre que moi ne te donnait la nourriture ; c'était moi, ta sœur, dont le nom était toujours sur tes lèvres. Mais la joie de ces souvenirs s'est évanouie, en un seul jour, avec toi. Ta mort, comme une tempête, a renversé tout mon bonheur. Notre père n'est plus ; moi je suis morte ; tu as disparu toi-même. Et nos ennemis se rient de nous ! Elle est ivre de joie, cette mère dénaturée que tu m'avais promis tant de fois, par tes messages secrets, de venir châtier un jour comme elle le mérite ! Plus d'espérance ; il nous l'a ravie pour toujours, ce fatal génie de ton malheur et du mien, qui, au lieu d'un être si cher et si beau, ne m'envoie plus que de la poussière et une ombre vaine.

Hélas ! hélas ! tristes dépouilles ! O funeste chemin que je t'ai fait parcourir, malheureux ! Oreste, objet de ma tendresse, tu m'as perdue, oui, tu m'as perdue, ô mon frère chéri ! Reçois-moi donc avec toi dans ce dernier asile ; ce sera le néant s'unissant au néant, et, dans l'enfer, rien ne me séparera de toi. Lorsque tu étais sur la terre, je partageais ton sort ; aujourd'hui je veux mourir avec toi et partager ton tombeau. Du moins les morts n'ont plus à souffrir.

LE CHŒUR.

C'est d'un mortel, ô Électre, que tu as reçu le jour ; ton frère aussi était mortel ; songes-y, et tu modéreras tes plaintes : nous avons tous le même sort à subir.

ORESTE.

Ah ! dieux ! que dois-je dire ? Par où commencer ? Je ne sais ; cependant je ne puis me taire !

ÉLECTRE.

Quelle douleur te saisit ? Et pourquoi ce langage ?

ORESTE.

C'est donc l'illustre Électre qui est là devant moi ?

ÉLECTRE.

Oui, c'est elle, et dans un état bien déplorable.

ORESTE.

Quelle infortune, en effet, que la tienne !

ÉLECTRE.

Comment se fait-il, ô étranger, que tu sois si touché de mes maux ?

ORESTE.

O beauté flétrie par de criminels outrages !

ÉLECTRE.

Oui, c'est bien moi qui suis l'objet d'une telle compassion, étranger.

ORESTE.

Hélas! tu vis dans le malheur, sans époux.

ÉLECTRE.

Étranger, pourquoi soupirer ainsi en me regardant ?

ORESTE.

C'est que j'étais loin de connaître toute l'étendue de mes maux.

ÉLECTRE.

Et qu'ai-je dit pour te l'apprendre ?

ORESTE.

Il m'a suffi de voir tes souffrances.

ÉLECTRE.

Et tu n'en vois qu'une faible partie.

ORESTE.

Pourrais-je en voir de plus cruelles?

ÉLECTRE.

Oui, car il me faut vivre avec les meurtriers....

ORESTE.

De qui ? Quel est ce meurtre dont tu parles ?

ÉLECTRE.

Avec les meurtriers de mon père. Bien plus, il faut que je
sois leur esclave.

ORESTE.

Mais qui t'impose cette dure nécessité ?

ÉLECTRE.

Celle qu'on nomme ma mère ; mais elle n'a rien d'une
mère.

ORESTE.

Par quels moyens ? Par la violence ou les privations ?

ÉLECTRE.

Par la violence, les privations et toutes les rigueurs.

ORESTE.

Tu n'as donc personne pour lui résister et te défendre ?

ÉLECTRE.

Non ; j'avais un seul défenseur, et tu m'apportes ses
cendres.

ORESTE

O infortunée ! que ta vue m'inspire de compassion !

ÉLECTRE.

Tu es le seul mortel qui sois touché de mes maux.

ORESTE.

C'est qu'ils sont aussi les miens et que je souffre comme toi.

ÉLECTRE

Serais-tu donc quelqu'un de mes proches ?

ORESTE.

Je parlerais, si j'étais sûr que ces femmes te sont dévouées.

ÉLECTRE.

Elles le sont toutes, et tu peux compter sur leur fidélité.

ORESTE.

Laisse d'abord cette urne, et je te dirai tout.

ÉLECTRE.

Au nom des dieux, étranger, ne m'y oblige pas.

ORESTE.

Écoute-moi ; tu n'auras pas lieu de t'en repentir.

ÉLECTRE.

Non, par ton menton que je touche, ne m'enlève pas ce que j'ai de plus cher.

ORESTE.

Je ne souffrirai pas que tu gardes cette urne.

ÉLECTRE.

Que je suis malheureuse, cher Oreste, d'être ainsi privée de tes cendres !

ORESTE.

Ne dis plus ces paroles sinistres; tu n'as pas de raison de gémir.

ÉLECTRE.

Comment ! j'ai tort de gémir sur la mort de mon frère ?

ORESTE.

Il ne te convient pas de parler de lui de la sorte.

ÉLECTRE.

Suis-je donc si indigne de celui que j'ai perdu ?

ORESTE.

Tu n'es indigne de personne; mais cette urne n'est rien pour toi.

ÉLECTRE.

Rien, elle qui renferme les cendres d'Oreste !

ORESTE.

Ce ne sont pas les cendres d'Oreste ; elles n'en ont que le nom.

ÉLECTRE.

Mais alors, où est le tombeau de cet infortuné ?

ORESTE.

Il n'en a pas ; un vivant n'a pas de tombeau.

ÉLECTRE.

Que dis-tu, ô jeune homme ?

ORESTE.

Rien que de véritable.

ÉLECTRE.

Est-ce possible ? Il vivrait !

ORESTE.

Oui, puisque je respire.

ÉLECTRE.

Serais-tu Oreste ?

ORESTE.

Regarde cet anneau de mon père, et vois si je dis vrai.

ÉLECTRE.

O le plus heureux des jours !

ORESTE.

Oui, le plus heureux !

ÉLECTRE.

O douce voix ! Te voilà donc enfin !

ORESTE.

C'est moi, n'en doute plus !

ÉLECTRE.

Et je te serre dans mes bras !

ORESTE.

Que ce soit pour jamais !

ÉLECTRE.

O mes chères compagnes, ô filles de Mycènes, vous voyez Oreste ; c'est lui. Il nous avait fait croire à sa mort ; mais c'était une ruse, une ruse qui le sauvait.

LE CHŒUR.

Nous le voyons, ma fille, et dans la joie de cet heureux événement, des larmes coulent de nos yeux !

ÉLECTRE.

O rejeton d'un père chéri, tu es enfin arrivé, et tu retrouves en venant, tu revois ceux que tu brûlais de revoir.

ORESTE.

Oui, c'est moi ; mais silence, sache te contenir.

ÉLECTRE.

Qu'y a-t-il donc ?

ORESTE.

Il vaut mieux te taire que de t'exposer à être entendue dans le palais.

ÉLECTRE.

Non, par la chaste Diane, je n'ai plus à craindre désormais cette inutile troupe de femmes qui ne sort pas du palais.

ORESTE.

Prends garde : Mars anime quelquefois des femmes ; l'expérience te l'a appris.

ÉLECTRE.

Hélas ! hélas ! tu déchires les voiles et remets sous mes yeux un malheur irréparable que nous ne devons pas oublier.

ORESTE.

Je le sais ; quand l'occasion parlera, alors il faudra s'en souvenir.

ÉLECTRE.

Tous les moments, oui, tous les moments conviennent à mes justes plaintes, car maintenant, enfin, ma langue est libre.

ORESTE.

D'accord ; mais tâche de garder sa liberté.

ÉLECTRE.

Que faire pour cela ?

ORESTE.

Ne pas trop parler tant que le moment n'est pas venu.

ÉLECTRE.

Qui pourrait avec justice me réduire encore au silence, quand tu auras reparu, quand tout à coup je te revois, et contre tout espoir ?

ORESTE.

Tu m'as revu dès que les dieux m'ont donné l'ordre de venir.

ÉLECTRE.

Cette parole fait déborder ma joie ; si ton retour est commandé par les dieux, je crois que le ciel veut nous favoriser.

ORESTE.

Je n'ose arrêter les élans de ta joie, et cependant je crains que tu ne t'y abandonnes trop.

ÉLECTRE.

O toi, qu'un retour longtemps désiré vient de rendre à mon amour, tu as vu quelle était ma douleur ; ne va donc pas...

ORESTE.

De quoi faut-il m'abstenir ?

ÉLECTRE.

Ne va pas me priver du plaisir de contempler tes traits.

ORESTE.

Non, certes, et ma colère s'enflammerait si quelqu'un voulait t'en priver.

ÉLECTRE.

Tu m'exauces donc ?

ORESTE.

Comment ne le pas faire ?

ÉLECTRE.

O mes amies, j'ai entendu avec vous une nouvelle qui détruisait mes espérances, et ma douleur muette ne poussa pas un cri. A présent, tu es près de moi, cher Oreste ; tu m'as rendu ces traits chéris que les plus grands malheurs n'ont pu me faire oublier.

ORESTE.

Plus de paroles inutiles : ne me raconte pas les cruautés d'une mère pour toi ; ne me dis pas comment Égisthe épuise les trésors de mon père, les répand, les dissipe follement; l'occasion d'agir nous échapperait pendant ces discours. Donne-moi donc les renseignements que réclament les circonstances : en quel lieu me cacher ? en quel lieu me montrer pour mettre fin par mon arrivée aux rires de nos ennemis ? Prends garde que la joie de ton visage n'inspire des soupçons à notre mère, à notre entrée dans le palais, et quand je raconterai ma prétendue mort, aie l'air de gémir ; après le succès, nous pourrons rire et manifester librement notre joie.

ÉLECTRE.

Mon frère, je n'aurai point d'autre volonté que la tienne ; c'est de toi que je tiens tout mon bonheur. Je ne voudrais pas te causer la moindre peine, même pour me procurer un grand plaisir : ce serait contrarier les vues du bon génie qui nous protége.

Ce qui se passe ici, tu le sais ; pourrais-tu l'ignorer ? On t'a dit qu'Égisthe est absent, que ma mère est dans le palais. Ne crains pas qu'elle voie briller un sourire sur mes lèvres ; une haine invétérée a pénétré dans mon cœur, et les larmes de joie ne cesseront plus de couler de mes yeux, maintenant que tu es de retour. Comment cesserait-elle, après que je t'ai vu dans un même jour mort et vivant ? Quelles surprises tu m'as causées ! Désormais, si mon père se présentait vivant devant moi, je n'y verrais plus un prodige, et j'en croirais mes yeux. Enfin, puisque tu es ici, dirige à ton gré l'entreprise : sache seulement que, si j'étais restée seule, j'aurais voulu conquérir ou ma liberté ou une mort glorieuse.

ORESTE.

Silence ! J'entends quelqu'un sortir du palais.

ÉLECTRE.

Entrez, étrangers. Ce que vous apportez ne peut être ni refusé, ni reçu avec joie.

LES MÊMES, LE GOUVERNEUR.

LE GOUVERNEUR.

Insensés, aveugles que vous êtes! N'avez-vous plus aucun souci de votre vie, ou bien votre irréflexion vous fait-elle oublier que vous êtes, non auprès du péril, mais dans le péril même? Si depuis longtemps je ne veillais à cette porte, le secret de votre entreprise l'aurait franchie avant vous; mais ma prudence a prévenu ce malheur. Cessez ces longs discours; apaisez cette bruyante joie, et entrez. Dans les circonstances où vous êtes, les retards seraient funestes; il est temps d'agir.

ORESTE.

Dans quel état vais-je trouver les choses dans le palais?

LE GOUVERNEUR.

Au mieux; tu as la bonne fortune de n'être point connu.

ORESTE.

Tu as, je le vois, annoncé ma mort.

LE GOUVERNEUR.

Ici on te croit dans l'enfer, parmi les ombres.

ORESTE.

Est-ce pour eux un sujet de joie? Qu'en disent-ils?

LE GOUVERNEUR.

Je te le dirai plus tard, quand l'affaire sera terminée. En ce moment, tout vous est propice, même ce qui semble contre vous.

ÉLECTRE.

Mon frère, quel est cet homme ? Au nom des dieux, dis-le-moi !

ORESTE.

Ne le reconnais-tu pas ?

ÉLECTRE.

Je n'ai de lui aucun souvenir.

ORESTE.

Tu ne reconnais pas celui à qui tu m'as confié autrefois ?

ÉLECTRE.

Qui ? Que dis-tu ?

ORESTE.

Celui que, dans ta prudence, tu as choisi pour me porter secrètement en Phocide.

ÉLECTRE.

C'est cet homme que, seul entre tous, j'ai trouvé fidèle alors qu'on égorgeait mon père ?

ORESTE.

Oui, c'est lui ; ne me le demande plus.

ÉLECTRE.

O jour de bonheur ! O toi par qui seul fut sauvée la race d'Agamemnon, comment es-tu venu ? C'est donc par toi encore que nous sommes tous deux délivrés de tant de maux ? Mains chéries ! retour heureux ! Pourquoi si près de moi me cachais-tu ta présence et as-tu tant tardé à me la découvrir ?

Pourquoi m'avoir donné la mort par tes paroles, quand tes actions me rendaient le bonheur? Salut, ô mon père ! car en toi je crois retrouver un père. Salut! Apprends que tu es l'homme que dans un même jour j'ai le plus haï et le plus aimé.

LE GOUVERNEUR.

C'est assez. Pour te raconter ce qui s'est passé dans cet intervalle, il faudra le cours de bien des jours et des nuits ; tu apprendras tout, Électre. Quant à vous deux, je vous le répète, c'est le moment d'agir. Maintenant Clytemnestre est seule ; maintenant il n'y a pas un homme dans le palais. Si vous tardez, songez que vous aurez à combattre des ennemis plus nombreux et plus expérimentés que vous.

ORESTE.

Pylade, les longs discours seraient maintenant inutiles. Hâtons-nous d'entrer, après avoir salué les dieux de notre famille dont les statues se dressent sous ces portiques.

ÉLECTRE, LE CHŒUR.

ÉLECTRE.

Puissant Apollon, exauce leurs vœux ; écoute aussi ma prière, si debout devant toi je t'ai offert d'une main pieuse les présents dont je pouvais disposer. Maintenant, ô Apollon lycien, sans autre présent que ma prière, je t'invoque, je tombe à tes genoux ; je t'en conjure, accorde-nous ton bienveillant secours, et apprends aux hommes quels châtiments les dieux réservent à l'impiété.

LE CHŒUR. *(Strophe.)*

Voyez comme il s'élance, le dieu Mars, respirant le carnage et la vengeance ! Elles sont entrées dans le palais pour poursuivre le crime, les Furies auxquelles on ne peut échapper. Bientôt va se réaliser le songe qui tient mon esprit en suspens.

(Antistrophe.)

Le vengeur des morts s'avance d'un pas furtif à travers l'antique et royale demeure de son père, tenant en main le glaive aiguisé qu'il va tremper dans le sang. Conduit par le fils de Maïa, par Mercure, qui voile ses embûches, il arrive au but ; il est prêt à frapper.

ÉLECTRE.

O chères compagnes, ils sont à l'œuvre ; écoutez en silence.

LE CHŒUR.

Comment ! que font-ils ?

ÉLECTRE.

Elle pare l'urne avant de la porter au tombeau. Eux se tiennent debout à ses côtés.

LE CHŒUR.

Mais toi, pourquoi es-tu sortie ?

ÉLECTRE.

Pour épier le retour d'Égisthe et en donner avis.

CLYTEMNESTRE, dans l'intérieur du palais.

Hélas ! hélas ! pas un ami dans ce palais ! Il est rempli d'assassins !

ÉLECTRE.

Quelqu'un crie à l'intérieur. O mes amies! ne l'entendez-vous pas?

LE CHŒUR.

Je viens d'entendre des cris affreux, et j'en frissonne.

CLYTEMNESTRE.

Infortunée que je suis! O Égisthe, où es-tu?

ÉLECTRE.

Voilà que les cris recommencent.

CLYTEMNESTRE.

Mon fils, mon fils, aie pitié de ta mère!

ÉLECTRE.

Mais tu n'as pas eu pitié de lui, toi, ni de son père.

LE CHŒUR.

O ville! ô malheureuse famille! Voici le jour fatal de ta ruine, oui, de ta ruine.

CLYTEMNESTRE.

Ah! dieux, je suis frappee.

ÉLECTRE.

Frappe encore, si tu peux; frappe.

CLYTEMNESTRE.

Ah! encore!

ÉLECTRE.

Si seulement Égisthe périssait en même temps !

LE CHŒUR.

Les malédictions s'accomplissement. Ils vivent, ceux qu'on croyait descendus sous la terre ; et les morts viennent enfin verser le sang de ceux qui leur ont arraché la vie. Mais voici les vainqueurs qui ont immolé une victime au dieu Mars ; leurs mains dégouttent de sang, et cependant je ne saurais les blâmer.

LES MÊMES, ORESTE, PYLADE.

ÉLECTRE.

Oreste, tout va-t-il bien ?

ORESTE.

Dans le palais, oui, s'il était bien d'obéir à Apollon.

ÉLECTRE

Elle n'est plus, la malheureuse ?

ORESTE

Tu n'as plus à craindre les outrages d'une insolente mère.

LE CHŒUR.

Faites silence ! Là-bas j'aperçois Égisthe.

ÉLECTRE.

Amis, ne rentrez-vous pas ?

ORESTE.

Où le voyez-vous ?

ÉLECTRE.

Il franchit les portes de la ville et arrive tout joyeux.

LE CHŒUR.

Gagnez le vestibule au plus vite : là vous avez été heureux une première fois ; puissiez-vous l'être une seconde !

ORESTE.

Sois tranquille ; nous achèverons.

ÉLECTRE.

Va vite à l'endroit que tu as choisi.

ORESTE.

J'y vais.

ÉLECTRE.

Allez ; ici je me charge de tout.

LE CHŒUR.

Il serait bon de lui faire entendre quelques douces paroles, pour qu'il se jette sans défiance dans le piége que lui a préparé la justice.

ÉGISTHE, ÉLECTRE, LE CHŒUR.

ÉGISTHE.

Qui d'entre vous sait où sont les étrangers venus, dit-on, de la Phocide pour nous annoncer que, dans une course de chars, Oreste a perdu la vie ? C'est toi surtout que j'interroge, toi qui te plaisais à nous braver, car je pense que cet événement n'intéresse personne autant que toi, et que mieux que personne tu sauras m'en instruire.

ÉLECTRE.

Je connais ce malheur ! Comment l'ignorerais-je ? Je ne puis être étrangère au sort de ceux que j'aime le plus.

ÉGISTHE.

Où sont-ils donc, ces étrangers ? Apprends-le-moi.

ÉLECTRE.

Dans le palais. Ils y ont trouvé une bienveillante hospitalité.

ÉGISTHE.

Ont-ils donné la mort d'Oreste comme certaine ?

ÉLECTRE.

Oui, et ils l'ont prouvé mieux que par des paroles.

ÉGISTHE.

Le fait est donc tellement sûr que le doute n'est plus possible ?

ÉLECTRE.

Il est très-sûr, et bientôt tu verras un triste spectacle.

ÉGISTHE.

En vérité, contre ton habitude, tu me réjouis beaucoup
par tes paroles.

ÉLECTRE.

Réjouis-toi, si tu trouves ici des sujets de joie.

ÉGISTHE.

Silence ; ouvre les portes, et montre l'intérieur du palais à
tous les habitants de Mycènes et d'Argos, afin que, si quelqu'un fondait jusqu'ici de vaines espérances sur le retour
d'Oreste, il apprenne, en le voyant mort, à plier sous mon
joug ; alors je n'aurai plus besoin de recourir aux châtiments
pour le réduire à la raison.

ÉLECTRE.

Pour moi, c'est déjà fait ; j'ai accompli tes ordres. Le temps
m'a rendue sage et m'a appris à respecter la volonté des
puissants.

ÉGISTHE.

O Jupiter, j'avouerai, si je le puis sans t'irriter, que voilà
pour moi un agréable spectacle ; si pourtant cet aveu devait
attirer sur moi la vengeance, je le rétracte. Levez ce voile ;
découvrez à mes yeux ce cadavre, afin que je donne aussi des
larmes à celui qu'unissait à moi les liens du sang.

ORESTE.

Ce voile, ôte-le toi-même ; ce n'est pas à moi, mais à toi,
de contempler ce cadavre et de lui adresser des paroles
amies.

ÉGISTHE.

Tu as raison, et je suivrai ton avis. Toi, va chercher Clytemnestre, si elle est dans le palais.

ORESTE.

Clytemnestre, elle est près près de toi : ne cherche pas ailleurs.

ÉGISTHE.

O dieux ! que vois-je ?

ORESTE.

Qui te cause cette frayeur ? Ne reconnais-tu pas....

ÉGISTHE.

Qui donc a tendu les filets où je suis tombé, infortuné ?

ORESTE.

Ne vois-tu pas que depuis longtemps tu parles à des vivants comme à des morts ?

ÉGISTHE.

Hélas ! je comprends : il n'y a qu'Oreste qui puisse me parler de la sorte.

ORESTE.

Tu devines bien : cependant tu t'abusais depuis longtemps.

ÉGISTHE.

Je suis perdu, malheureux ! Mais permets-moi de dire encore un mot.

ÉLECTRE.

Au nom des dieux, mon frère, ne le laisse pas parler davantage et prolonger cet entretien. Tue-le vite, et abandonne son cadavre à ceux qui lui donneront, loin de nos regards, le tombeau qu'il mérite : que ce soit là une expiation de mes longs tourments.

ORESTE.

Entre, et sans retard; il ne s'agit plus de discuter, mais de mourir.

ÉGISTHE.

Pourquoi me faire entrer ? Si tu veux faire une belle action, qu'as-tu besoin des ténèbres, et qu'attends-tu pour frapper ?

ORESTE.

Ne parle pas en maître : viens où tu as tué mon père, car c'est là que tu périras.

ÉGISTHE.

Le Destin veut donc que ce palais soit témoin de tous les maux des Pélopides, et dans le présent et dans l'avenir?

ORESTE.

Il verra du moins les tiens ; je te le prédis à coup sûr.

ÉGISTHE.

Ton père n'était pas si bon devin que tu te vantes de l'être.

ORESTE.

C'est beaucoup trop de paroles ; elles nous retardent. Marche.

ÉGISTHE.

Précède-moi.

ORESTE.

C'est à toi de marcher devant.

ÉGISTHE.

As-tu peur que je ne fuie ?

ORESTE.

Crois-tu donc que je cherche à te rendre la mort agréable?
Non. Je veux, par là, te la rendre plus amère.

Tous ceux qui osent violer les lois, il faudrait en faire
aussi justice et les mettre à mort : les scélérats ne seraient
pas si nombreux.

LE CHŒUR.

O race des Atrides ! que de maux tu as soufferts jusqu'à ce
coup d'audace qui te rend ta liberté !